거인 아루방

글●기 쿠네이 Guy Counhaye
그림●장 르크 Jean Lequeu

쌩쌩 눈보라가 휘몰아치고 있습니다.
떠돌이 음악가 부노아와 류셋도는 열심히 마차를 몹니다.
추워서 얼어 버릴 것 같습니다.
흩날리는 눈발 사이로 성이 보이기 시작합니다.
"이제, 다 왔어. 조금만 더 가면 돼."

성에 도착하자 병정이 말했습니다.
"용케도 숲을 빠져나왔군. 녀석은 없었지?"
"녀석이 누굽니까?"
부노아가 묻자 병정은 소리를 죽여 말했습니다.
"숲 속의 거인 아루방……."

부노아와 류셋도는 넓은 방으로 안내되었습니다.
맛있는 음식들이 마련되어 있었습니다.
그런데 사람들은 하나같이 무서운 거인 이야기만
할 뿐입니다.
"그 녀석은 밤마다 큰 소리를 질러."
"무서워서 숲에 나무하러 갈 수가 없어……."

8

"저희가 멋있는 노래로 그 거인을
잊어버리게 해 드리겠습니다."
곧 부노아와 류셋도는 노래를 부르기 시작했습니다.
그 때, 성 밖에서 무서운 소리가 들려 왔습니다.
"아, 그 녀석이다. 그 녀석이 왔어."
다들 부들부들 떨기 시작했습니다.

"여러분! 너무 무서워하지 마세요."
부노아와 류셋도는 계속해서 노래를 불렀습니다.
달콤하고 부드러운 노랫소리가 거인에게도 들렸습니다.
그러자 어찌된 일입니까!
갑자기 무서운 소리가 그쳤습니다.

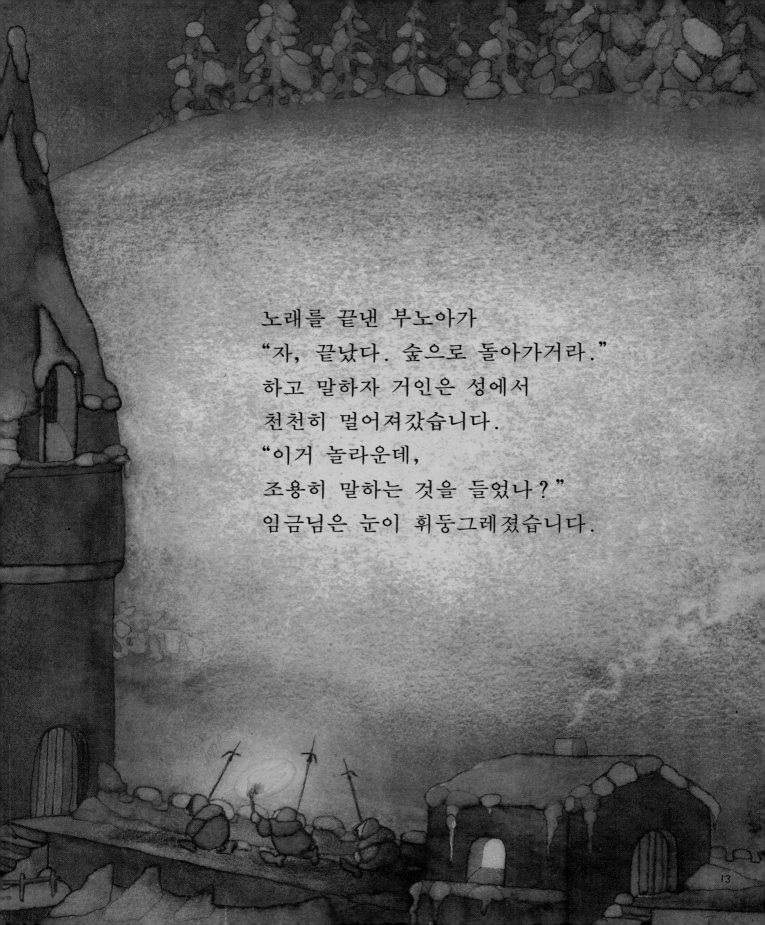

노래를 끝낸 부노아가
"자, 끝났다. 숲으로 돌아가거라."
하고 말하자 거인은 성에서
천천히 멀어져갔습니다.
"이거 놀라운데,
조용히 말하는 것을 들었나?"
임금님은 눈이 휘둥그레졌습니다.

다음 날 아침,
부노아는 몰래 숲으로 가 보았습니다.
"이 큰 발자국을 따라가면,
틀림없이 거인이 있는 곳에 갈 수 있을 거야."

부노아가 큰 발자국을 계속 따라가자
드디어 큰 동굴이 나왔습니다.

부노아가 노래를 부르자, 거인이 얼굴을 내밀었습니다.
"넌 내가 무섭지 않니?"
"무섭지 않아. 난 네가 나쁜 녀석이라고는 생각하지 않거든."
하고 부노아가 말했습니다.
"하지만 다들 무서워해. 나는 친구가 되고 싶은데 말야."
하고 말하는 아루방이 슬퍼보였습니다.
부노아는 깜짝 놀랐습니다.
"그래? 그래서 그런 소리를 내고 다녔구나!"

성에 있는 사람들은 웅성거렸습니다.
"부노아가 혼자서 숲에 갔대?"
"거인에게 잡아먹혔을 거야……!"
그 때 성으로 다가오는 것이 있었습니다.
어찌된 일일까요?
부노아와 거인이 같이 오는 거예요.
"어이!" 하고 부노아가 외칩니다.
"아루방은 무섭지 않아. 모두 나와서 맞이해요!"

성에서 임금님이 주춤거리며 나왔습니다.
"자, 악수하세요. 아루방은 땔나무를 해 왔어요."
부노아의 말을 듣고, 임금님은 머뭇머뭇
손을 내밀었습니다.
그리고 거인 아루방의 커다란 손가락을 잡았습니다.
아루방이 손가락을 조금 흔들자,
임금님의 몸이 흔들렸습니다.

그 날 밤, 성은 아주 떠들썩했습니다.
아루방이 가져온 장작으로 불을 때서
성 안은 따뜻했습니다.
모두 술을 마시고, 노래하고, 춤추고, 떠들었습니다.
그것을 보면서 아루방은 흐뭇해했습니다.
"나 친구가 많아서 기뻐……, 우하하하."

다음 날, 아루방은 열심히 일했습니다.
영차영차 숲에서 장작을 날라왔습니다.
한겨울 동안 때고도 남을 만큼
많은 장작이 쌓였습니다.

이렇게 해서 아루방은 성에서 살게 되었습니다.
아루방은 이제 외톨이가 아니랍니다.
봄이 되었습니다.
부노아와 류셋도는 다시 여행을 떠납니다.
모두가 "잘 가요."라고 말했습니다.
아루방의 큰 소리도 들렸습니다.
물론 그 소리를 무서워하는 사람은
한 명도 없었습니다.

WORLD PICTURE BOOK

거인 아루방

어린이 여러분께

여러분의 주위에도 큰 사람이 있습니다. 이 이야기에서 나오는 것처럼 보통 사람보다 큰 거인을 만나면, 누구든지 무서워할 것입니다. 그러나 사람을 겉으로만 판단하면 안 됩니다. 작아서 부드럽게 보이는 사람이 의외로 냉정할 수도 있고, 커서 무섭게 보이는 사람이 감격할 정도로 상냥할 수도 있습니다. 그러나 원래 사람은 누구든지 부드러운 마음을 갖고 있습니다. 진정한 친구를 만드는 데는 우선 자신이 어떤 사람에게도 부드럽고 친절하게 대하는 태도가 필요합니다. 여러분은 어떻게 생각하세요?

글 ● 기 쿠네이
(Guy Counhaye)

■ 1946년 벨기에서 태어나다.
■ 벨베미술학교를 마치다.
■ 그림책의 이야기를 많이 쓰고 있다.

그림 ● 장 르크
(Jean Lequeu)

■ 1948년 벨기에서 태어나다.
■ 레쥬미술학원에서 공부하다.
■ 화가이며 교사이다.

World Picture Book ⓒ1985 Gakken Co., Ltd. Tokyo.
Korean edition published by Jung-ang Educational Foundation Ltd. by arrangement through Shin Won Literary Agency Co. Seoul, Korea.

■ 발행인 / 장평순　■ 편집장 / 노동훈
■ 편집 / 박두이, 김옥경, 이향숙, 박선주, 양회숙, 김수열, 강혜숙
■ 제작 / 문상화, 장승철, 이상헌
■ 발행처 / 중앙교육연구원(주) (서울시 종로구 관철동 258번지)
　대표전화 : 563-9090, 등록번호 : 제2-178호
■ 인쇄처 / 갑우문화(주) 경기도 파주시 교하면 문발리 469번지(문발공단)
■ 제본 / 태성제책(주) (서울특별시 구로구 가리봉동 505-13)
■ 1판 1쇄 발행일 / 1988년 12월 30일, 1판 24쇄 발행일 / 1998년 11월 30일
■ ISBN 89-21-40256-X, ISBN 89-21-00003-8(세트)